As Cocadas

1ª Edição, Global Editora, São Paulo 2007
13ª Reimpressão, 2023

Este conto foi publicado em *O tesouro da casa velha*
(5. ed., São Paulo: Global, 2002, p. 85).

Jefferson L. Alves – diretor editorial
Cecilia Reggiani Lopes – seleção e edição
Flávio Samuel – gerente de produção
Dida Bessana – coordenadora editorial
Alê Abreu – ilustrações
Fernanda Vilany – revisão
Eduardo Okuno – direção de arte

Dados Internacionais de Catalogação na Publicação (CIP)
(Câmara Brasileira do Livro, SP, Brasil)

Coralina, Cora
As cocadas / Cora Coralina ; ilustrações Alê Abreu. — São Paulo : Global, 2007.

ISBN 978-85-260-1252-3

1. Literatura infantojuvenil I. Abreu, Alê. II. Título.

07-8743 CDD-028.5

Índices para catálogo sistemático:

1. Literatura infantil 028.5
2. Literatura infantojuvenil 028.5

Obra atualizada conforme o
NOVO ACORDO ORTOGRÁFICO DA LÍNGUA PORTUGUESA

global editora

Global Editora e Distribuidora Ltda.
Rua Pirapitingui, 111 – Liberdade
CEP 01508-020 – São Paulo – SP
Tel.: (11) 3277-7999
e-mail: global@globaleditora.com.br

grupoeditorialglobal.com.br
@globaleditora
/globaleditora
@globaleditora
/globaleditora
/globaleditora
blog.grupoeditorialglobal.com.br

Nº de Catálogo: **2942**

Cora Coralina

As Cocadas

ilustrações Alê Abreu

global editora

Eu devia ter nesse tempo dez anos.
Era menina prestimosa e trabalhadeira
à moda do tempo.

Tinha ajudado a fazer aquela cocada.

Tinha areado o tacho de cobre e ralado o coco.

Acompanhei rente à fornalha todo o serviço, desde a escumação da calda até a apuração do ponto.

Vi quando foi batida e estendida na tábua,
vi quando foi cortada em losangos.

Saiu uma cocada morena, de ponto brando,
atravessada de paus de canela cheirosa.

O coco era gordo, carnudo e leitoso,
o doce ficou excelente.

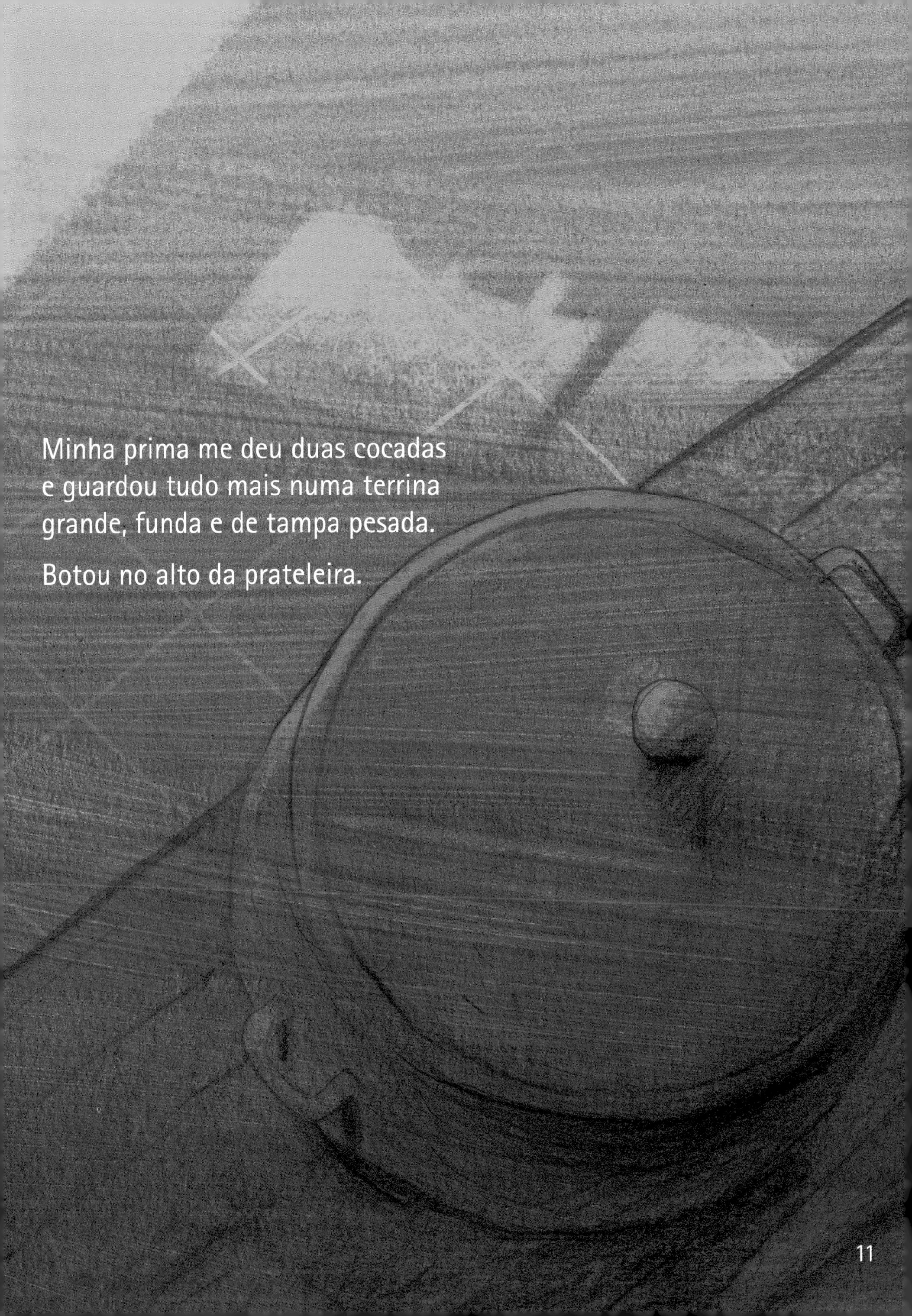

Minha prima me deu duas cocadas
e guardou tudo mais numa terrina
grande, funda e de tampa pesada.

Botou no alto da prateleira.

Duas cocadas só...

Eu esperava quatro e comeria de uma assentada oito, dez, mesmo. Dias seguidos namorei aquela terrina, inacessível.

De noite, sonhava com as cocadas.

De dia as cocadas dançavam pequenas piruetas na minha frente.

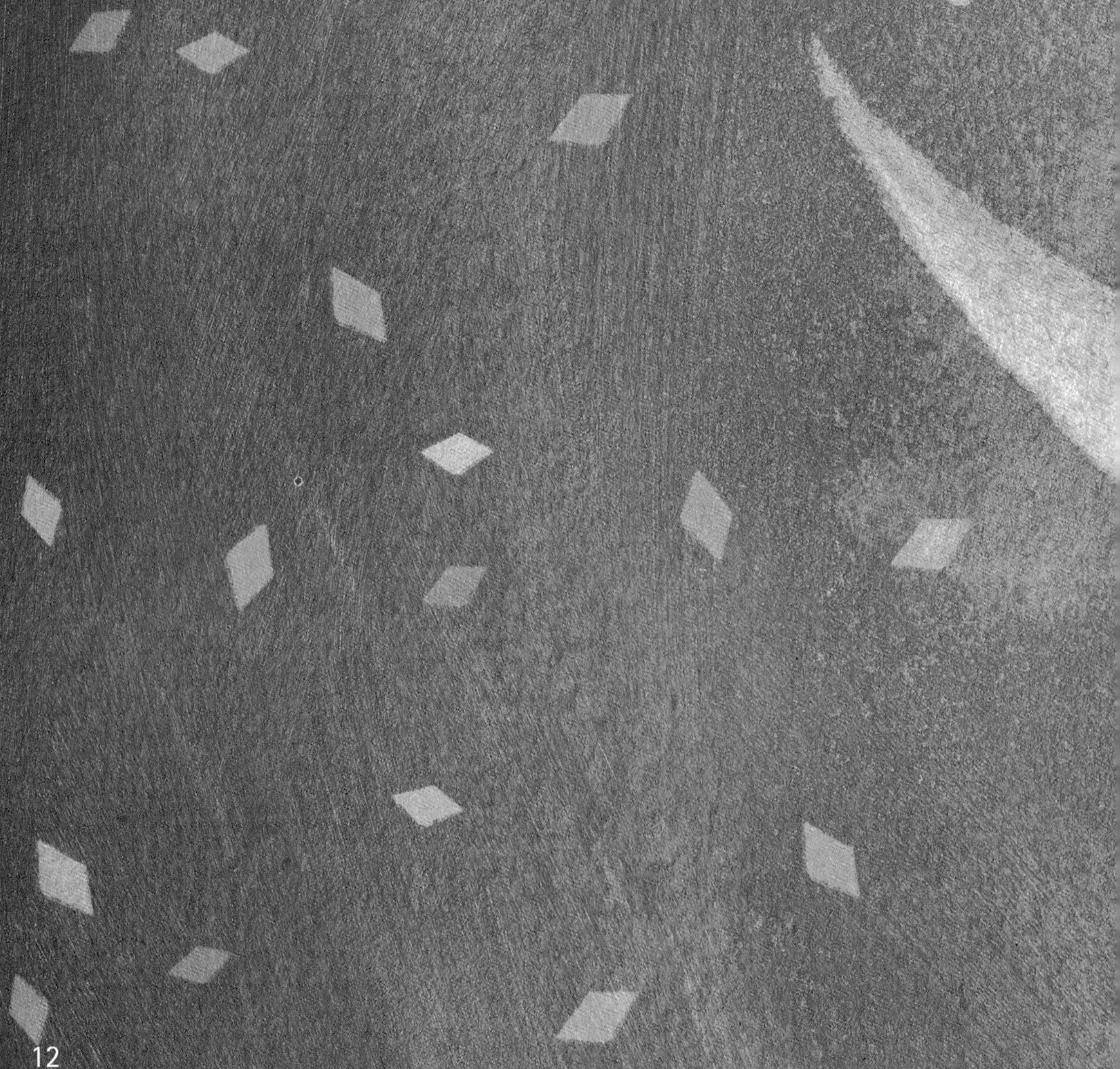

Sempre eu estava por ali perto, ajudando nas quitandas, esperando, aguando e de olho na terrina.

Batia os ovos, segurava a gamela, untava as formas, arrumava nas assadeiras, entregava na boca do forno e socava cascas no pesado almofariz de bronze.

Estávamos nessa lida e minha prima precisou de uma vasilha para bater um pão de ló.

Tudo ocupado. Entrou na copa e desceu a terrina, botou em cima da mesa, deslembrada do seu conteúdo.

Levantou a tampa e só fez: Hiiiii...

Apanhou um papel pardo sujo,
estendeu no chão, no canto da varanda,
e despejou de uma vez a terrina.

As cocadas moreninhas, de ponto brando,
atravessadas aqui e ali de paus de canela
e feitas de coco leitoso e carnudo,
guardadas ainda mornas e esquecidas,
estavam cobertas de uma penugem cinzenta,
macia e aveludada de bolor.

Aí minha prima chamou o cachorro: Trovador...

Trovador... E veio o Trovador, um perdigueiro de meu tio, lerdo, preguiçoso, nutrido e abanando a cauda.

Farejou os doces sem interesse e passou a lamber, assim de lado, com o maior pouco-caso.

Eu olhando com uma vontade louca de avançar nas cocadas.

Até hoje, quando me lembro disso,
sinto dentro de mim uma revolta – má e dolorida –
de não ter enfrentado decidida, resoluta,
malcriada e cínica, aqueles adultos negligentes
e partilhado das cocadas bolorentas com o cachorro.

Acervo Pessoal

Cora Coralina nasceu em Goiás, em 1889. Publicou seu primeiro livro quando tinha 76 anos, embora escrevesse desde moça. Com um estilo pessoal, foi poeta e uma grande contadora de histórias e coisas de sua terra. Seus livros de poesia e prosa foram publicados alguns anos antes de sua morte, em 1985. O cotidiano, os causos, a velha Goiás, as inquietações humanas são temas constantes em sua obra.

Carlos Drummond de Andrade escreveu: "Cora Coralina é a pessoa mais importante de Goiás. Mais que o governador, as excelências, os homens ricos e influentes do estado... Cora Coralina, uma admirável brasileira."

Priscilla Kellen

Alê Abreu nasceu em São Paulo, em 1971. Ilustrou muitos livros, dentre os quais *O mistério do 5 estrelas*, de Marcos Rey, e *Sangue fresco*, de João Carlos Marinho, publicados pela Global Editora. Mas essa não é sua única atividade. Formado em Comunicação Social, dedica-se desde os treze anos ao cinema de animação. Em 2007, concluiu *Garoto cósmico*, seu primeiro longa-metragem, após dois curtas, *Sírius* (1993), premiado por um júri internacional de crianças no Uruguai e pelo Bureau Internacional Católico da Infância/Unicef, e *Espantalho* (1998), que entre outros doze prêmios, recebeu o de Melhor Animação Nacional do Anima Mundi. Trabalhou também em *Passo*, outro curta-metragem.